LA

FERME BRULÉE

LA
FERME BRULÉE

SUIVI DE

LE FOUET DE POSTE —
LE DOIGT COUPÉ — PAUL ET FRANCIS
— LE CAFÉ, LE POIVRE, LE CHOCOLAT ET LE SUCRE
— LE CERF-VOLANT — LA PLUIE —
LA TARTINE

PAR C. G

TOURS

A^d MAME ET Cie, IMPRIMEURS-LIBRAIRES

1851

LA

FERME BRULÉE

« Papa, dit un jour le petit Jules, montre-moi donc cette grande image que ce monsieur qui sort d'ici vient de t'apporter ?

— Ce n'est pas une image, dit Léonie, la sœur de Jules,

qui était un peu plus grande que son frère : c'est une carte de géographie.

— Est-ce que tu sais déjà, toi, ce que c'est qu'une carte de géographie ? dit le papa en riant et en s'adressant à sa fille.

— Oui, papa, répondit Léonie : une carte de géographie, c'est une feuille de papier où l'on a dessiné le cours des rivières, et marqué la place où se trouvent les villes, les villages et les montagnes.

— Puisque tu es si savante, répondit le papa, tiens, regarde. « Et il déploya sur la table le grand rouleau de papier qu'il tenait à la main.

Léonie, après avoir promené de tous côtés ses yeux sur le papier : « Voilà, dit-elle, une carte comme je n'en ai pas encore vu. »

Mais, pendant que Léonie avait promené ses yeux sur la carte, du haut en bas et de droite à gauche, le petit Jules, lui, avait lu ce qui était écrit au bas du papier ; et il s'écria tout joyeux : « Je sais ce que c'est, moi ! c'est le plan de la ferme que papa vient d'acheter. Vois plutôt, Léonie ! » Et il montrait avec son doigt l'inscription qu'il venait de lire.

« Je vois bien, répondit Léonie, qu'il y a là écrit :

Plan du domaine de la Grande-Source, appartenant à M. Duval, dressé par M. Laplanche, ingénieur-géomètre. Papa, c'est donc une espèce de carte de géographie de la ferme ?

— C'est justement cela, répondit le papa. De même que, comme tu le disais tout à l'heure, une carte de géographie montre la position respective des villes, des montagnes, des fleuves, des frontières d'un grand pays ; de même ce plan indique la situation des bâtiments, des routes, des champs, des sentiers et des pièces d'eau de la propriété que je viens d'acheter. Tenez, nous y

avons été plusieurs fois ensemble, et vous devez recon-
naître la position de la maison
et de la cour. Voici la route,
voici l'entrée de la maison,
voici la cour. Ici, derrière la
maison, c'est le jardin, avec le
bassin que voilà. Un peu plus
loin le petit bois. Ce petit carré,
c'est la maison du garde. Enfin, tout autour de la maison,
voici les champs, et là-bas tout
au bout la petite rivière qui
termine la propriété de ce
côté-là.

— Oui, dit Jules, la rivière
où il y a tant d'écrevisses.

— Et là, dit Léonie, c'est
le pont composé d'une seule

planche où je n'osais pas passer.

« Mais dis-moi, papa, continua la petite fille, à quoi va te servir ce plan ?

— J'en avais besoin, répondit le papa, pour connaître exactement la grandeur des diverses pièces de terre qui composent ma propriété. M. Laplanche, en faisant ce plan, les a toutes mesurées ; et maintenant quand notre fermier me parlera de telle ou telle pièce de terre où il voudra semer ou planter quelque chose, faire creuser un fossé, ou bien ouvrir un chemin, sans aller à la ferme, je regarderai sur mon plan, et je saurai l'endroit dont il veut me parler.

— Papa, dit Léonie, qu'est-ce que c'est donc que ces carrés noirs qui sont dans la cour et dans le jardin? Cela ressemble tout à fait aux signes que tu nous as montrés et qui indiquent la maison; seulement ceux de la maison sont rouges, et ceux-ci sont noirs.

— Ces carrés, répondit le papa, indiquent la place où se trouvaient les anciens bâtiments de la ferme qui ont été brûlés il y a une vingtaine d'années.

« Cet incendie a causé la ruine d'un bien brave homme, qui

en est mort de chagrin ; et le plus triste, c'est que le feu a pris par la faute de ses enfants.

— Oh ! papa, raconte-nous donc ça, dirent à la fois Jules et Léonie.

— Je veux bien, répondit le papa.

« Il y a une vingtaine d'années, la ferme de la Grande-Source appartenait à un monsieur qui était allé demeurer en Amérique. En partant il avait loué sa ferme à un cultivateur qui faisait valoir les terres, c'est-à-dire qui les labourait, les ensemençait, et récoltait le blé, le vin, le foin et les fruits ; en un mot, tout ce que la ferme produisait était pour le fermier, à condition qu'il enverrait, tous les ans, une somme d'argent fixée d'avance au propriétaire du domaine.

Comme la somme d'argent convenue (on appelle cette somme un fermage), comme, dis-je, le fermage n'était pas trop élevé, en comparaison des produits du domaine, le fermier faisait de bonnes affaires, vivait content et heureux, et mettait tous les ans un peu d'argent de côté.

Ce fermier avait trois enfants, deux filles et un garçon. La plus grande des filles avait quatorze ans, sa sœur huit ans, et le petit garçon six ans.

Un soir, en revenant du marché de la ville, où elle avait été vendre le beurre de ses vaches et les œufs de ses poules, la fermière rapporta une boîte de ces allumettes chimiques dont tout le monde se sert aujourd'hui, même dans les campagnes, mais que beaucoup de paysans ne connaissaient pas il y a vingt ans.

La fermière montra donc la boîte d'allumettes à son mari et à ses enfants, comme une curiosité, et chacun voulut en allumer une.

« Cela est fort drôle et fort

commode, dit le fermier à sa femme ; mais si tu veux me croire, tu serreras cette boîte dans ton armoire ; car je ne me soucie pas que les enfants puissent prendre de tes allumettes : ils seraient capables, en jouant avec, de mettre le feu à la maison.

— C'est très-vrai, répondit la fermière. Vous l'entendez, mes enfants, je vous défends expressément de toucher à ces allumettes ; et pour que vous ne soyez pas tentés de le faire, je vais serrer la boîte dans mon armoire. »

Environ un mois après cette conversation, les enfants du

fermier se trouvaient seuls à la maison. Le père était parti dès le matin avec une voiture et un cheval pour porter des pommes de terre à la ville, et la maman, de son côté, avait été obligée de s'absenter pour quelques heures.

L'aînée des jeunes filles cousait dans la cuisine, et la cadette jouait avec son petit frère dans la cour. On était au commencement de l'automne, et il faisait grand vent.

« Vois donc, dit tout à coup la cadette à son frère, vois donc comme le vent secoue les châtaigniers de l'allée. Sûrement il doit y avoir des châtaignes par terre. Viens, nous allons en ramasser. »

Le petit garçon ne se fit pas prier ; il donna la main à sa sœur, et les voilà courant vers l'allée de châtaigniers.

Mais quoique le vent fût très-fort, comme les châtaignes n'étaient pas encore tout à fait mûres, ils n'en trouvèrent qu'une vingtaine.

« Nous allons les porter à la maison, dit la petite fille, et nous les ferons cuire sous la cendre. Ma sœur, s'écria la petite fille en entrant dans la cuisine, où l'aînée, assise près de la fenêtre, raccommodait un tablier, voilà des châtaignes que le vent a fait tomber et que nous avons ramassées ; tu veux bien que nous les fassions cuire sous la cendre ? »

L'aînée répondit : « Vous voyez bien qu'il n'y a pas de feu. Maman m'a dit d'allumer le feu à trois heures, et de mettre la marmite. Attendez jusqu'à trois heures ; il en est bientôt deux.

— Tu es toujours comme ça, toi, dit la cadette ; avec toi il faut toujours attendre.

— Je veux qu'on fasse cuire les châtaignes tout de suite pour les manger, ajouta le petit frère en pleurnichant.

— Je n'allumerai pas de feu

avant trois heures, puisque maman l'a dit, répondit l'aînée. Voyons, soyez donc raisonnables. Allez encore jouer un peu dans la cour, et le temps sera bien vite passé. Tenez, voilà une pomme.

— Je ne veux pas de ta pomme, dit le petit garçon. Je veux faire cuire les châtaignes tout de suite.

— C'était bien la peine, dit l'aînée à sa sœur, de lui mettre dans la tête de faire cuire des châtaignes.

— Pourquoi ne veux-tu pas, non plus? répondit la cadette. Ça ferait grand mal!

— Oui, cela ferait grand

mal! répéta le frère pleurant de plus en plus fort.

— Oui , répondit l'aînée d'une voix ferme, ce serait faire grand mal que de désobéir à maman. Ainsi, laissez-moi tranquille, si vous ne voulez pas que je le dise ce soir au père.

« Tiens! ajouta-t-elle en regardant par la fenêtre, voilà deux poules dans le jardin; allez donc les chasser.

— Vas-y toi-même, répondit la cadette avec humeur, puisque tu ne veux pas nous faire plaisir.

— Oui, puisque tu ne veux pas nous faire plaisir, répéta

le petit garçon qui pleurait toujours.

— C'est bon, dit l'aînée en se levant, je ne vous dis que cela à tous les deux. » Et elle courut chasser les poules du jardin.

L'armoire était malheureusement ouverte, et la cadette vit la boîte d'allumettes chimiques qui était tout en haut sur la dernière planche.

Aussitôt elle monte de planche en planche, au risque de tomber et de se faire grand mal, et elle prend une douzaine d'allumettes dans la boîte.

Ses pieds touchaient à

peine par terre que l'aînée rentra.

« Je suis certaine, dit-elle, que tu viens encore de fouiller dans l'armoire de maman. Je devine cela à ton air. Nous verrons ce qu'elle dira quand je lui conterai tout cela. A moins que vous n'alliez jouer bien tranquillement et que vous ne me tourmentiez plus. A cette condition-là, je ne dirai rien. Voyons, soyez gentils, embrassez-moi, et quand j'aurai du feu, je vous mettrai vos châtaignes sous la cendre.

—Viens, viens, » dit la cadette en prenant son frère par la main. Et dès qu'elle fut dans la cour, elle ajouta : « J'ai de ces allumettes qui prennent toutes seules ; nous allons faire du feu là-bas derrière la grande haie, et nous ferons cuire nos châtaignes nous-mêmes. Mais, attends-moi, je vais prendre une poignée de paille dans la grange. »

Et la petite fille courut à la grange, y entra ; mais en prenant de la paille, comme elle tenait ses allumettes dans sa main gauche, elle en laissa tomber une ou deux.

Quand un enfant commet une mauvaise action, il est toujours ému et troublé. La petite fille l'était beaucoup ; et elle ne s'aperçut pas, en fermant précipitamment la porte de la grange, qu'avec son sabot elle avait marché sur une des allumettes tombées par terre, et que cette allumette s'était enflammée.

Voilà donc que, pendant que la sœur et le frère allumaient derrière la haie un de ces petits feux que les enfants de la campagne s'amusent si souvent à faire, malgré les recommandations de leurs parents, qui à cause de leurs rudes travaux ne peuvent les surveiller autant qu'ils le voudraient; voilà donc, dis-je, que l'allumette mettait le feu à la paille de la grange. En peu d'instants, la grange tout entière fut embrasée, et il s'en élevait des tourbillons de fumée et une grande flamme qui montait haut comme un clocher.

C'était réellement effrayant, et en voyant cet épouvantable spectacle, les deux enfants furent si saisis qu'ils ne purent ni bouger, ni crier.

L'aînée, qui seule ne pouvait rien pour arrêter les progrès de l'incendie, eut la présence d'esprit de courir de toutes ses forces chez les plus proches voisins en appelant au secours. Mais quand les voisins arrivèrent en toute hâte, il était

déjà trop tard. Non-seulement
la grange était en cendre, mais
la flamme poussée par la force
du vent avait gagné la maison,
les étables, l'écurie, et tous
ces bâtiments brûlaient. On eut
beaucoup de peine à sauver
quelques meubles.

Que vous dirai-je de plus!
le fermier, qui perdait en un
jour tout ce qu'il possédait,
tout ce qu'il avait gagné à force
de travail et de privations,
éprouva un si grand saisisse-
ment, qu'il fut pris d'une fièvre
cérébrale et mourut huit jours
après l'incendie.

Quant à sa femme, comme
elle était très-pieuse, elle trouva

dans sa confiance en Dieu assez de force et de courage pour ne pas se laisser abattre par le malheur. Aussi le bon Dieu ne l'abandonna pas. Tout le monde vint à son secours, et elle parvint à gagner assez pour vivre et faire vivre ses enfants. Mais vous comprenez bien toute la peine qu'elle dut se donner pour suffire aux besoins de sa famille : une femme gagne si peu de chose !

Aujourd'hui elle est assez heureuse, car ses enfants sont devenus grands et se suffisent à eux-mêmes.

La plus jeune de ses filles, la cause première des malheurs

de toute la famille, se conduit admirablement. Non-seulement elle n'a pas quitté sa mère pour se marier, mais elle la soutient à son tour par son travail, l'entoure des plus tendres soins, et se prive de tout pour elle. Aussi est-elle citée dans le pays comme un modèle de piété filiale. »

FOUET DE POSTE

L'autre jour, Victor et sa sœur Hélène jouaient au jeu d'oie. Ils s'étaient installés sur un banc de bois placé à l'ombre d'un grand arbre, dans le jardin de leur papa.

Hélène était un peu plus

grande que Victor. Aussi Victor l'appelait-il sa petite maman, parce qu'il reconnaissait qu'elle était beaucoup plus raisonnable, beaucoup plus sage que lui, et parce qu'elle lui donnait souvent de bons conseils.

Hélène et Victor avaient un frère plus jeune qu'eux qui s'appelait Raoul. Ce Raoul n'était pas méchant, il avait même un bon cœur, mais c'était un enfant turbulent et taquin comme j'en connais malheureusement plus d'un.

Raoul n'avait pas voulu jouer au jeu d'oie avec Hélène et Victor. Ce jeu était trop tranquille pour lui.

Hélène et Victor jouaient donc au jeu d'oie quand Raoul, qui s'ennuyait tout seul, vint les trouver :

« Victor, dit-il, veux-tu jouer avec moi au cheval ?

« Tiens, vois comme j'ai de belles guides en laine rouge avec des anneaux d'ivoire ! Et puis le cocher vient de mettre une mèche neuve à mon fouet, et il claque si fort, si fort !.. Écoute. »

Et Raoul fit claquer son fouet.

« D'abord, répondit Victor, je vais finir cette partie avec Hélène. Après je veux bien jouer au cheval, mais à condition que tu laisseras là ton fouet ; car je ne me soucie pas, comme la dernière fois , d'en recevoir de bons coups sur les jambes, si tu trouves que je ne cours pas assez vite.

— Voilà une idée, répondit Raoul. Est-ce qu'on peut jouer au cheval sans fouet ?

— Victor a raison, dit Hélène. L'autre jour tu lui as fait une marque noire au genou.

— Tu ne diras pas que non, reprit Victor.

— Puisque je te promets de ne frapper que par terre, répondit Raoul.

— Je ne m'y fie pas, dit Victor ; tu m'as déjà attrapé.

Tu poseras là ton fouet, ou je ne joue pas. Mais laisse-nous finir notre partie.

— Tu ne veux pas? reprit Raoul impatienté.

— Non, dit Victor.

— Eh bien! jouez donc à l'oie! » dit Raoul en renversant le carton sur lequel étaient les dés et les marques. Et il s'enfuit en riant aux éclats.

Victor voulut courir après lui; mais Hélène retint son frère par la main et lui dit :

« Laisse-le, Victor, puisqu'il s'en va. Je sais où nous en étions; il vaut mieux reprendre tranquillement notre jeu que de nous quereller encore avec Raoul.

— Sans toi, dit Victor, il me l'aurait payé. Va! nous sommes trop bons avec ce mauvais sujet-là.

— C'est notre frère, répondit la petite fille. Il faut lui pardonner quand il nous taquine, comme maman nous pardonne quand nous faisons des sottises.

— Tu parles toujours comme un petit ange, dit Victor en embrassant Hélène. Recommençons notre partie. »

Pendant qu'Hélène et Victor jouaient tranquillement et s'amusaient beaucoup, Raoul, de

très-mauvaise humeur, par-
courait le jardin sans savoir
que faire. Or quand un enfant
s'ennuie et ne sait que faire,
il est bien rare qu'il ne fasse
pas de sottises.

Raoul essaya de jouer au
cheval tout seul; il était à la
fois le cheval et le postillon.
Mais cela ne dura pas longtemps. Alors il se mit à enlever
des feuilles aux arbres du jardin et à couper des fleurs à
coups de fouet. Le jardinier,
qui travaillait par là, le vit,
et lui dit :

« N'avez-vous pas honte,
M. Raoul, de gâter ainsi les
arbres et les fleurs ! Si vous ne

finissez pas , j'irai le dire à monsieur votre père. »

Raoul, qui n'avait pas remarqué le jardinier, fut très-sot, et s'en alla d'un autre côté en grommelant...

La porte de la basse-cour était ouverte; il y entra, et en passant à côté de la niche d'un gros chien de garde, qui était enchaîné, il l'agaça avec son fouet.

Voilà que le chien, qui n'était pas endurant, attrape le bout du fouet avec sa gueule , l'arrache des mains de Raoul, et dans sa colère se met à broyer avec ses dents le joli manche du fouet, qui était orné de houppes de soie rouge et de tresses de cuir jaune.

Raoul avait beau crier : « Laisse ça, César! laisse ça, César! » César regardait Raoul de travers, et continuait à ronger comme un os le pauvre fouet qu'il tenait entre ses pattes.

Enfin il lâcha le fouet en lambeaux et rentra dans sa niche. Raoul, qui n'osait pas approcher du chien plus près que la longueur de sa chaîne, prit ses guides, les plia de manière à former une boucle, et tâcha de les jeter sur le fouet pour l'attirer à lui.

Par malheur, le chien, qui

guettait Raoul parce qu'il se défiait des mauvais tours que le petit garçon lui jouait sans cesse, attrapa les guides comme il avait attrapé le fouet, et les entraîna dans sa niche.

Désolé de ce nouvel accident, Raoul courut vers la fille de basse-cour qu'il aperçut de loin, et lui cria :

« Françoise, ma bonne Françoise, venez donc prendre à César mon fouet et mes guides, qu'il m'a arrachées des mains.

— Ma foi, non, dit la paysanne. Ce n'est pas moi qui vous rendrai votre fouet, avec lequel vous effarouchez toujours mes volailles. Tant pis pour vous, si César venge mes pauvres poules que vous avez fouaillées plus d'une fois. »

Et Françoise s'en alla sans plus de cérémonie.

Alors Raoul se mit à pleurer bien fort. Il avait d'abord eu l'idée d'aller conter ses peines au jardinier ; mais il ne s'y hasarda pas, dans la crainte que le jardinier ne lui répondît à peu près comme Françoise.

Quelques instants après le papa de Raoul, qui venait faire un tour à la basse-cour, trouva son fils l'air piteux et les mains dans ses poches, près de la niche de César.

« Que fais-tu donc, planté là comme un pieu, mon pauvre Raoul? lui dit-il.

— C'est ce méchant César, répondit Raoul, qui a dévoré mon fouet, et je n'ose pas aller le lui reprendre. »

Le papa répondit :

« Comment César, qui est attaché, aurait-il pu te prendre ton fouet, si tu ne t'en étais pas servi pour l'agacer ? Pourquoi n'as-tu pas appelé Françoise ou le jardinier, avant que le chien ait mis ton fouet en lambeaux ?

— J'ai appelé Françoise, dit Raoul, et elle n'a pas voulu se donner la peine de venir.

— Et le jardinier? demanda le papa.

— Je n'ai pas appelé le jardinier, répondit Raoul, il aurait peut-être fait comme Françoise.

— Mon cher enfant, dit le papa, tu me sembles assez puni par la perte de ton beau fouet que tu aimais tant. Je ne veux donc pas te gronder ni te punir autant que tu le mériterais. Mais écoute-moi bien, pour que cette leçon te profite.

« Si, plus docile à nos conseils, tu avais tâché de te corriger de ton vilain défaut d'habitude, de ta manie de taquiner, ton frère et ta sœur joueraient volontiers avec toi, au lieu qu'ils ne s'en soucient guère, et ne le font la plupart du temps que par pure complaisance. De cette manière, tu ne te trouverais pas si souvent désœuvré et tenté de mal faire.

« Si tu t'étais corrigé de ton vilain défaut, les domestiques de la maison se feraient un véritable plaisir de t'être agréables, et te rendraient une foule de petits services, au lieu qu'ils sont fatigués de toi.

« Si tu t'étais corrigé de ton vilain défaut, tu approcherais de César comme toutes les personnes de la maison, comme ton frère et ta sœur qui le caressent sans crainte ; mais César, qui a beaucoup de mémoire et d'intelligence, a fini par te prendre tellement en grippe qu'il grogne dès qu'il te voit seul.

« Allons, mon enfant, prends une bonne résolution, et tâche de te débarrasser d'un défaut qui, tu le vois, te fait autant souffrir toi-même qu'il fait souffrir les autres... Quant à ton fouet, il est hors de service ; mais gardes-en les morceaux, pour qu'ils te rappellent les bonnes résolutions que tu prends aujourd'hui. »

Quand le papa eut ainsi parlé, il s'approcha de César,

qui sautait de joie et léchait les mains de son maître, il prit les restes du fouet et les guides, qu'il remit à Raoul; puis, sans ajouter un mot, il donna la main à son fils et le ramena à la maison.

Raoul se corrigea-t-il? C'est ce qu'une autre histoire vous apprendra.

DOIGT COUPÉ

Un jour Maximilien et sa sœur Victorine étaient assis dans le cabinet de leur papa devant une petite table. Placés en face l'un de l'autre, chacun d'eux lisait dans un joli volume

que leur maman leur avait
donné le matin même. Il fallait
que ces livres fussent bien in-
téressants, puisque l'ardeur et
l'attention qu'ils mettaient à
leur lecture les empêchèrent
de s'apercevoir que leur papa
se levait de son fauteuil et sor-
tait de son cabinet de travail.

Cinq minutes environ après
le départ du papa, Victorine,
en voulant tourner une page
de son livre, trouva deux feuillets qui n'avaient pas été cou-
pés. « Papa ! dit-elle en levant
les yeux vers son père... Tiens,
papa est sorti... Comment vais-
je faire à présent pour séparer
ces deux feuillets ? C'est juste-

ment à l'endroit le plus inté-
ressant de l'histoire que je lis!

— Te voilà bien empêchée!
dit Maximilien. Prends sur le
bureau de papa son couteau
d'ivoire, et coupe les feuillets
qui tiennent ensemble. »

Et Maximilien continua sa
lecture.

Victorine se leva, alla au
bureau de son père, et chercha
des yeux le couteau d'ivoire.

« Je ne le vois pas, dit-elle;
il est peut-être sous tous ces
papiers, mais je n'ose pas les
déranger; car tu sais bien que
papa nous a défendu de toucher à ses papiers.

— Oh! que les filles sont

impatientantes quand on est occupé! s'écria Maximilien en détournant à regret les yeux de son livre. Elles sont toujours embarrassées, et un rien les arrête tout court. Voyons, il te faut quelque chose qui coupe, pour séparer deux feuillets; eh bien! prends un canif, des ciseaux, une carte de visite, n'importe quoi. Attends, je vois d'ici dans la case à droite un petit couteau.

— Ah! oui, dit Victorine, je le vois aussi. » Victorine prit le petit couteau; mais elle essaya inutilement de l'ouvrir. Maximilien, qui la suivait des regards, s'amusa un instant du nouvel embarras de sa sœur.

« Allons, dit-il enfin, je vois bien qu'il faut que je me dérange. Donne, car il est clair que tu ne l'ouvriras pas, quand même tu casserais tous tes ongles. Tiens! ajouta le petit garçon après avoir pris le couteau, il y a une lame de fer et une lame d'ivoire! »

Maximilien voulut, par curiosité, ouvrir la lame de fer et celle d'ivoire. Mais les ressorts des deux lames étaient très-durs; en sorte que, quand Maximilien eut, en employant toutes ses forces, un peu soulevé la lame de fer, cette lame lui échappa, retomba dans sa rai-

nure, et en retombant rencon-
tra le petit doigt de la main
gauche qui tenait le manche
du couteau.

« Aïe ! fit Maximilien.

— Mon Dieu ! mon Dieu !
s'écria Victorine en pleurant,
mon pauvre frère qui a le doigt
coupé !

— Mais vas-tu bien te taire !
lui dit Maximilien. Ne dirait-on
pas que je suis mort !

— Ça saigne, ça saigne,
reprit la petite fille en mettant
ses mains devant ses yeux.

—Eh bien, après ? dit Maximilien. Est-ce qu'une coupure
ne saigne pas toujours ? Tu
vois bien qu'il n'y a qu'une

petite fente au bout de mon petit doigt, et que cela n'a rien de dangereux. Au lieu de crier, va plutôt me chercher un chiffon et un bout de fil. »

Victorine partit en courant, et revint en moins d'une minute avec un mouchoir de sa poupée et une aiguillée de fil.

« Cela ne te fait donc pas de mal ? demanda-t-elle à son frère qui enveloppait son doigt.

— Au contraire, dit-il ; mon doigt commence à me cuire d'une rude façon. Voyons, attache bien le linge avec ton fil... Serre donc mieux que ça... Encore un tour... Noue maintenant.

— C'est que je suis encore toute tremblante, dit Victorine qui avait de la peine à former son nœud.

— Vois un peu, répondit Maximilien, ce qui serait arrivé si je m'étais mis à crier comme toi : nous aurions épouvanté toute la maison, et pour peu de chose. Ça me cuit joliment tout de même, » ajouta le petit garçon en faisant la grimace.

En ce moment le papa rentra dans son cabinet.

« Qu'y a-t-il donc, mes enfants ? dit-il ; vous ne lisez donc plus ?

— Papa, répondit Maximilien, j'ai fait des sottises ; mais

comme le bon Dieu m'a déjà puni, j'espère que tu ne me gronderas pas trop fort. »

Et Maximilien raconta tout franchement ce qui venait de lui arriver.

« Tu sais cependant bien, répondit le papa après avoir écouté le récit de son fils, que je vous ai défendu de toucher à mes papiers, ainsi qu'à tous les objets qui sont sur mon bureau ou dans les tiroirs.

— C'est vrai, répondit Maximilien ; mais je n'ai pensé qu'à couper la feuille du livre de ma sœur. Puis je n'ai rien dérangé, et je ne pouvais pas gâter ton petit couteau en cou-

pant une feuille de papier. Je
ne dis pas ça, papa, pour te
prouver que je n'ai pas eu tort,
mais pour t'expliquer. Du reste,
j'ai payé cher ma désobéis-
sance, et je m'en souviendrai,
je t'assure.

— Allons, répondit le papa
en embrassant Maximilien, je
vois bien qu'il faut encore cette
fois te pardonner: avec ta fran-
chise tu te tires toujours d'af-
faire. Ensuite je suis content
qu'au lieu de crier, de pleurer
pour une coupure, et d'appeler
toute la maison à ton secours,
tu aies tranquillement enve-
loppé ton doigt sans déranger
ni effrayer personne; c'est agir

en brave garçon. Où t'es-tu coupé ?

— Juste au bout du petit doigt, répondit Maximilien.

— Il y a quelques gouttes de sang sur le parquet, dit le papa.

— J'ai cependant tout de suite serré la coupure, comme tu m'as dit qu'il fallait faire en pareille circonstance, répondit Maximilien.

— Sais-tu bien, dit le papa, que tu aurais pu te blesser grièvement avec mon greffoir? Il est tout fraîchement repassé, et c'est parce qu'on vient de me le rapporter de chez le coutelier qu'il était sur mon bureau.

— C'est donc un greffoir que ce petit couteau-là ? demanda Maximilien à son papa, pendant que celui-ci ouvrait les deux lames, celle d'ivoire et celle d'acier. Et à quoi sert un greffoir? ajouta Maximilien.

— Ce greffoir, répondit le papa, me sert à greffer les rosiers qui sont dans le jardin.

—Mon cher papa, dit Maximilien, mon bon petit papa, j'ai déjà entendu parler de greffer, mais je ne sais pas du tout ce qu'on entend par ce mot-là. Tu serais bien gentil si tu voulais nous l'expliquer.

— Oui, dit le papa en riant,

pour te récompenser de m'avoir désobéi. »

Maximilien ne répondit rien; mais il leva en l'air et montra à son papa son petit doigt entortillé d'un chiffon.

« Oh! je te comprends, mauvais sujet! dit le papa. Je ne sais pas ce qu'il m'arrivera de te gâter ainsi!

— Il arrivera, répondit Maximilien, il arrivera... il arrivera... que nous aimerons chaque jour davantage notre petit père qui est si bon; n'est-ce pas, Victorine? » Et les deux enfants sautèrent au cou de leur papa.

« Et où allons-nous? dit

un instant après Maximilien.

— Au jardin, répondit le papa, qui avait pris le greffoir. Je vais vous montrer à quoi sert cet outil. »

Arrivé dans le jardin, le papa coupa une petite branche à un arbre.

« Voyez-vous, dit-il à ses enfants, voyez-vous ces boutons qui plus tard deviendront des feuilles ?

— Oui, papa, répondit Maximilien.

— Eh bien, dit le papa, regardez ce que je vais faire. »

Et le papa, avec la lame tranchante de son greffoir, enleva de la branche un bouton

avec une petite languette d'é-
corce. Il avait eu soin de ne
pas couper le bouton, mais
seulement l'écorce à laquelle
ce bouton était attaché.

Puis il reprit : « Vous voyez
ce bouton ? eh bien, je vais le
placer sur une autre branche.
Regardez comment je vais m'y
prendre. »

Alors le papa fit une fente
en croix à l'écorce d'une autre
branche d'arbre, toujours avec
la lame d'acier du greffoir ;
puis avec la lame d'ivoire il
écarta adroitement l'écorce fen-
due, et introduisit dans cette
fente la languette d'écorce à
laquelle adhérait le bouton. Le

bouton, qu'il avait pris sur la branche coupée, se trouva ainsi fixé sur la branche qui tenait à l'arbre.

« Maintenant, ajouta le papa, ce bouton que j'ai placé là va pousser comme s'il appartenait à l'arbre sur lequel je l'ai mis. On appelle greffer ce que je viens de faire là, et greffoir le petit couteau dont je me suis servi.

— Mais, papa, demanda Maximilien, pourquoi greffe-t-on? à quoi cela sert-il de greffer?

— Je suppose, répondit le papa, que j'aie dans mon jardin un rosier qui produise des roses magnifiques, des roses plus belles que toutes celles que me donnent mes autres rosiers. Mon plus grand désir ne sera-t-il pas de multiplier le plus vite possible ces roses magnifiques, d'en avoir dix pieds au lieu d'un seul pied ? Eh bien, qu'est-ce que je ferai ? A l'époque favorable de l'année, je prendrai des boutons sur mon beau rosier, et je placerai ces boutons sur des rosiers ordinaires. Ces boutons pousseront, et quand ils seront poussés, j'aurai autant de rosiers magnifiques que j'aurai greffé de boutons.

— Mais, dit Maximilien,

comment un bouton étranger, un bouton d'un arbre peut-il pousser sur un autre arbre?

— Tu viens de te fendre le doigt, n'est-ce pas? répondit le papa. Dans deux jours cette fente existera-t-elle encore? Les chairs, au contraire, ne seront-elles pas parfaitement reprises, soudées ensemble?

— Sans doute, dit Maximilien.

— Eh bien, reprit le papa, c'est à peu près de la même manière que la fente que j'ai faite à l'arbre reprendra, et que le bouton que j'ai placé sous la peau de l'arbre se soudera avec lui. Pour bien com-

prendre tout cela, il te fau-
drait des connaissances que tu
ne peux pas avoir encore parce
que tu es trop jeune; mais en
attendant que tu puisses te
rendre compte de la manière
dont cela se fait, tu dois te
contenter de savoir que cela
se passe ainsi.

— Est-ce que la greffe ne
sert qu'à multiplier les rosiers?
demanda Maximilien.

— La greffe, répondit le
papa, sert à multiplier toutes
sortes d'arbres et de fleurs.
Presque tous les arbres à fruit
qui sont dans le jardin ont été
greffés dans leur jeunesse.

— Et toujours, dit Maximi-

lien, comme tu nous as montré ?

— Non, répondit le papa,
il y a plus de cinquante manières différentes de greffer ;
mais au fond il s'agit toujours
de souder sur une plante, sur
un arbre, une branche, une
tige ou un bouton d'une autre
plante ou d'un autre arbre. On
s'y prend de diverses manières
pour arriver plus facilement,
plus sûrement, au même résul-
tat.

« Il m'est arrivé une fois de
trouver dans une forêt deux
branches de deux arbres voisins qui s'étaient greffées ensemble toutes seules. Voici

probablement comment cela était arrivé.

« Ces deux branches, qui se croisaient, auront été agitées par un vent violent. En frottant l'une sur l'autre, elles se seront écorchées; puis, le vent ayant cessé, elles se seront remises en place comme auparavant. Mais, au lieu de se toucher par leur écorce comme auparavant, elles se seront touchées par leurs écorchures, et se seront trouvées, pour ainsi dire, chair contre chair, puisque l'écorce est pour les arbres ce que la peau est pour nous. Placées ainsi, elles se sont naturellement soudées ensemble;

et une seule et même écorce les a bientôt enveloppées toutes deux à l'endroit des écorchures. Elles ont grossi dans cette position solidement fixées l'une à l'autre, et vivant d'une vie commune. C'est en cet état que je les ai aperçues. Comme elles formaient une croix naturelle, je les ai coupées, et j'en ai fait présent à M. le curé, chez qui nous irons la voir, si vous voulez, dès que j'aurai un moment de libre. »

PAUL

ET

FRANCIS

Après un grand nombre de voyages heureux en Asie et en Amérique, un capitaine de navire marchand, qui s'appelait M. Roger, fit naufrage en revenant à Bordeaux. M. Roger se noya, son navire fut mis en pièces par les vagues, et l'on ne put sauver ni les hommes qui le montaient, ni les marchandises dont il était chargé.

Comme le navire appartenait à M. Roger, et que ce navire portait toute la fortune de son capitaine et de sa famille, Mme Roger perdit à la fois son mari et tout ce qu'elle possédait.

Lorsque ce malheur arriva, les deux enfants de M. Roger étaient encore trop jeunes pour comprendre et pour partager les regrets et la profonde douleur de leur mère, puisque l'aîné, Paul, n'avait que trois ans, et Francis un an et demi.

Quand Mme Roger fut un peu revenue de l'abattement dans lequel l'avait jetée la perte de son mari, qu'elle aimait de tout son cœur, et qui était mort loin d'elle englouti sous les vagues de la mer, elle prit courageusement son parti, demanda au bon Dieu la force de surmonter son chagrin, et de la conserver pour ses enfants, qui n'avaient plus qu'elle au monde.

Aussitôt elle quitta le bel appartement qu'elle occupait, congédia ses domestiques qu'elle n'était plus assez riche pour payer, et se retira dans un petit logement situé en un quartier retiré. Elle vendit ses meubles d'acajou, ses tapis, ses tableaux, ses pendules, ses glaces, son argenterie; et avec la somme qu'elle retira de son mobilier elle se fit une petite rente qui, jointe au produit de quelques arpents de vigne, lui permit de vivre bien modestement.

Mais, pour ne pas dépenser plus qu'elle n'avait de revenu, il fallait que cette bonne mère, qui n'y avait pas été habituée, fît elle-même son ménage, raccommodât son linge, qu'elle cousît ses habillements et ceux de ses enfants.

Quand Paul eut atteint sa douzième année, Mme Roger lui avait bien appris à lire, à écrire, la grammaire et l'arithmétique ; mais cela ne suffisait pas pour un garçon, et elle résolut de l'envoyer au lycée pour qu'il y fît ses études.

Paul alla donc au lycée comme externe; mais la rétribution universitaire, l'achat des livres, l'entretien du jeune garçon, à qui il fallait des pantalons et des vestes de drap, tout cela était une bien grande dépense pour Mme Roger, et sa bourse était si petite qu'elle eut beaucoup de peine à suffire à tant de frais.

Paul, qui voyait combien sa maman était pauvre, lui dit un jour : « Pourquoi, maman, veux-tu que je fasse mes études ? Vois donc un peu, avant dix ans je ne serai pas capable de gagner quelque chose; comment arriver jusque-là? Laisse-moi plutôt apprendre un état, et mets-moi en apprentissage chez le constructeur de navires qui demeure ici près sur le bord de l'eau. Dans trois ans je gagnerai de bonnes journées, et je serai si heureux de te les apporter, ma chère maman ! »

Mme Roger lui répondit en l'embrassant : « Non, mon

Paul, j'aime mieux manger du pain sec et boire de l'eau, afin que tu puisses devenir savant comme ton père. Je sais bien que ce sera long ; mais une fois que tu auras fini tes études, et que tu seras capable de remplir un emploi honorable et lucratif, c'est toi qui deviendras notre soutien ; et juge un peu comme tu seras heureux de ramener l'aisance dans notre maison. Seulement applique-toi, travaille bien ; tu le sais, je n'ai que toi sur qui je puisse compter ; car je ne pourrai pas envoyer ton jeune frère au lycée : deux pensions à payer, ce serait trop fort... à moins que le bon Dieu ne vienne à notre secours d'ici à ce que Francis ait ton âge.

— Pauvre Francis ! dit Paul. Va, maman, ajouta-t-il, le bon Dieu, que tu pries si souvent, ne permettra pas que moi seul je puisse recevoir de l'éducation, et que je sois plus que mon frère ; j'en aurais trop de chagrin. »

Six mois après cette conversation, arriva la veille de la distribution des prix. Paul était très-inquiet, car il désirait beaucoup avoir des prix qui prouvassent à sa mère qu'il s'était bien appliqué, et qu'il avait fait des progrès. Mais si

les bonnes places qu'il avait
eues dans les compositions
pendant le cours de l'année lui
donnaient de l'espoir, comme
il reconnaissait que plusieurs
de ses camarades travaillaient
aussi bien que lui, et appre-
naient aussi facilement que
lui, tantôt il avait confiance et
tantôt il se désolait.

Enfin la distribution des prix
se fit en grande cérémonie, et
Paul eut presque tous les prix
de sa classe.

Mme Roger, qui assistait
avec Francis à la distribution
des prix, eût été tout à fait
heureuse des succès de son fils
aîné, si la pensée que Francis

ne pourrait pas faire ses études n'était venue troubler son bonheur.

De retour à la maison, Paul dit à sa maman :

« Ma chère maman, il m'est venu une idée que tu approuveras, j'en suis sûr. J'ai trouvé le moyen que Francis fasse ses études comme moi.

— Et comment cela, mon pauvre Paul ? demanda la maman.

— Voici comment j'ai arrangé cela, répondit Paul ; tu vas voir. J'ai fait cette année ma septième, n'est-ce pas ? et mes prix montrent que je sais à peu près ce que l'on apprend dans cette classe. Eh bien, je veux essayer, pendant que je ferai ma sixième, de faire faire la septième à mon frère. J'ai conservé tous mes cahiers, tous mes livres, que j'ai eu grand soin de ne pas abîmer. Avec ces livres et ces cahiers je ferai faire à mon frère tous les devoirs que l'on m'a donnés.

— Mais tu n'y penses pas, mon enfant, dit Mme Roger. Comment trouveras-tu le temps de faire toi-même tes devoirs ?

— Bah ! dit Paul, le temps... on en fait du temps, en n'en perdant pas. Est-ce que l'année dernière mes devoirs m'ont pris tout mon temps? j'ai plus joué que je n'ai travaillé. Et puis pourquoi, comme les pensionnaires du lycée, ne me lèverais-je pas à cinq heures tous les jours? Et les jeudis, et les congés, et les vacances... n'ai-je pas en ce moment-ci deux mois devant moi pour mettre Francis en train ?

— Oui, dit Francis, et ton devoir des vacances ?

— J'y ai pensé, répondit Paul ; notre professeur nous a dit qu'il ne nous donnait ce devoir que pour que nous n'oublions pas ce que nous avons appris. J'irai lui raconter mon projet, et je suis certain qu'il m'exemptera de ce devoir, puisque je vais repasser avec toi toutes les leçons de l'année.

— C'est bien beau, ce que tu entreprends là, mon cher Paul, dit la maman. Je suis bien heureuse que le bon Dieu t'ait inspiré une si excellente pensée, qui prouve ton affection pour ton frère et pour moi ; mais je crains que l'entreprise ne soit au-dessus des forces de ton âge, et qu'après avoir commencé avec ardeur tu ne te décourages bientôt.

—Tu verras que non, » répondit Paul en embrassant sa mère.

Dès le lendemain, Paul commença à donner des leçons à son frère, et continua réguliè-rement pendant toute la durée des vacances. A la rentrée des classes, Paul se trouva beau-coup plus fort qu'il n'était à la fin de l'année précédente ; car en expliquant à Francis ce qu'on lui avait montré, il se l'était parfaitement gravé dans la mémoire. Ce fut là sa pre-mière récompense.

Les classes recommencèrent, et Paul, qui était plus fort que ses camarades et qui travaillait facilement, avait tous les jours assez vite achevé ses devoirs pour consacrer plusieurs heures à l'instruction de son frère ;

mais il n'y parvenait qu'en se levant de grand matin et en ne perdant pas une minute.

Un matin, au mois de décembre, bien avant le jour, Mme Roger, Paul et Francis, assis autour d'une petite table, travaillaient. Mme Roger cousait, et Paul expliquait à son frère une règle de la grammaire latine. Francis ne comprenait pas. Paul, au lieu de s'impatienter, ne se rebutait pas, et tâchait par des exemples de rendre la règle plus claire.

Mme Roger, qui avait un moment laissé son ouvrage, regardait ses enfants. L'attention de Francis, la chaleur que

Paul mettait dans ses explications, sa patience, ses efforts pour se faire comprendre de son frère, la rendaient si heureuse d'avoir de si bons enfants, que ses yeux se remplirent de larmes. Paul et Francis s'en aperçurent et s'écrièrent : « Qu'as-tu donc, maman ? tu pleures.

— Oui, mes chéris, je pleure, dit Mme Roger ; je pleure, mais c'est de bonheur en vous voyant tous deux! en te voyant, toi, Paul, si plein de zèle et de courage pour instruire ton frère ; et toi, Francis, si attentif et si plein de bonne volonté. »

En ce moment, le bruit de

la sonnette interrompit Mme Roger. C'était le facteur qui apportait une lettre.

Cette lettre venait d'un parent fort éloigné de Mme Roger qui habitait l'Amérique, et que Mme Roger n'avait jamais vu. Ce parent, qui avait appris par hasard le malheur arrivé à Mme Roger, se plaignait vivement qu'elle n'eût pas eu recours à lui dans sa détresse. Il disait qu'en plusieurs circonstances le capitaine Roger lui avait rendu de grands services, et qu'il se trouvait heureux de pouvoir être utile à sa famille. Il finissait par informer Mme Roger qu'il était fort riche, et que pour acquitter la dette de reconnaissance qu'il avait contractée envers son mari, il voulait se charger seul de tous les frais d'éducation de ses enfants, et qu'il ordonnait à son banquier à Bordeaux de payer au lycée la pension et l'entretien complet de Paul et de Francis.

Il n'est pas besoin de dire quelle émotion, quelle joie cette lettre répandit dans la maison de Mme Roger. Le jour même le banquier vint informer Mme Roger qu'elle n'avait qu'à envoyer ses deux enfants au lycée, et que tous les frais de pension, de livres

et de papier le regardaient.
Dès ce moment, le parent de
Mme Roger ne cessa de lui envoyer des secours et des cadeaux.

Paul et Francis firent toutes leurs études, et aujourd'hui ils occupent des places qui leur permettent de vivre dans une heureuse aisance, avec leur mère, qu'ils ne veulent pas quitter.

LE CAFÉ, LE POIVRE

CHOCOLAT ET LE SUCRE

« Papa, dirent un jour Prosper et Joséphine en entrant dans le cabinet de travail de leur père, papa, vois donc la jolie petite graine ronde que nous venons de trouver

avec le café que la bonne mettait dans le brûloir. C'est sans
doute la graine de quelque
plante qui pousse dans le
pays d'où vient le café.

— Mes enfants, dit le papa,
vous savez pourtant bien qu'il
ne faut pas venir ainsi me déranger quand je travaille, sur-
tout pour si peu de chose.

— C'est vrai, papa, répondit
Joséphine pendant que Prosper
baissait les yeux ; mais nous
n'y avons plus pensé. Une
autre fois nous ne viendrons
plus te déranger, nous te le
promettons bien. Faut-il que
nous nous en allions, papa?

— Voyons la petite graine

auparavant, dit le papa en posant sur son bureau la plume avec laquelle il écrivait.

— Tiens, la voilà, dit Joséphine.

— Ceci, dit le papa, est tout simplement le noyau de la cerise qui croît sur le caféier, l'arbre qui produit le café. Ce noyau est composé de deux grains de café appliqués l'un contre l'autre par leur côté plat, et recouverts d'une enveloppe commune, c'est-à-dire d'une enveloppe qui renferme les deux grains. »

Le papa mit dans sa bouche la petite boule, cassa avec ses dents l'enveloppe des deux grains de café, et montra ces deux grains aux enfants.

— Dans ce pays-là, dit Prosper, il y a donc des grains de café dans les cerises ?

— Je me suis servi du mot cerise, répondit le papa, pour que vous vous fissiez une idée du fruit du caféier. C'est en effet un fruit qui ressemble à une grosse cerise ; mais tu comprends bien que ce fruit n'est pas du tout la cerise de nos pays, et qu'il n'a de commun avec elle qu'une certaine ressemblance de forme.

— Je comprends, dit Prosper.

— Quelle espèce d'arbre est

le caféier? demanda Joséphine.

— Le caféier, répondit le papa, est un arbre qui a de six à huit mètres de hauteur. Il ne devient guère plus gros que mes deux poings réunis, et pousse ordinairement très-droit. Son écorce est fine et blanchâtre, et ses feuilles ont assez de rapport avec celles du laurier, quoique moins roides, moins épaisses et plus pointues.

« Les fleurs du caféier, dont celles du jasmin que vous connaissez peuvent vous donner une idée, ont une odeur douce et agréable. Les fruits succèdent à ces fleurs. Quand ils sont mûrs, on les cueille à la main dans certains pays; dans d'autres pays, au contraire, on secoue les arbres sous lesquels on a eu soin de placer des toiles pour recevoir les fruits; puis on les fait sécher. Quand ils sont secs, on en retire les noyaux, dont on brise les enveloppes en les écrasant avec des rouleaux de bois. Alors les deux grains de café se séparent, et se trouvent dans l'état où vous les voyez exposés chez les épiciers.

— Le petit noyau que nous avons trouvé, dit Joséphine, n'aura pas été écrasé, et se sera mêlé avec les grains de café sans qu'on y fît attention.

— Cela est très-probable, ma fille, répondit le papa.

— Mon cher papa, dit Joséphine, tu viens de nous donner des explications sur le café. Si, pendant que nous y sommes, tu nous disais d'où vient le poivre? Avec quoi fait-on cette poussière grise qui pique si fort la langue?

— Le poivre, répondit le papa, est encore le noyau d'une espèce de très-petite cerise qui vient sur une plante grimpante comme le chèvrefeuille. On fait sécher cette cerise, pas plus grosse qu'un pois. Le poivre que tu vois sur les tables est la farine du noyau de ce petit fruit.

— Dans quels pays vient le poivre ? demanda Prosper.

— Le poivrier ne pousse que dans les pays les plus chauds de la terre. Presque tout le poivre qui se vend vient du fond de l'Asie.

— Et le café ? demanda Joséphine.

— Je croyais vous l'avoir dit, répondit le papa. Le café vient aussi des pays chauds ; mais on le cultive en beaucoup plus d'endroits que le poivre. Certaines parties de l'Asie, de l'Afrique et de l'Amérique produisent beaucoup de café ; mais le café, dans certains pays, est meilleur que dans d'autres.

— Et le chocolat? demanda Joséphine.

— Le chocolat n'est pas un fruit, répondit le papa. Le chocolat est une pâte que l'on prépare, et dans laquelle il entre principalement du cacao et du sucre.

— Alors, mon petit papa, dit Joséphine en embrassant son père, tu vas nous dire ce que c'est que le cacao et le sucre.

— Mais j'ai à travailler, répondit le papa, et avec vos questions vous allez me tenir là à causer avec vous jusqu'à l'heure du dîner.

— Oh! que non, papa, dit Joséphine ; tu vas nous expliquer cela en quatre mots, et nous nous en irons tout de suite.

— Oui, répondit le papa, et puis ce soir vous aurez oublié tout ce que je vous aurai dit. Écoutez-moi, demain matin je vous interrogerai tous deux sur ce que je vous aurai expliqué aujourd'hui, et si vous n'en avez pas profité, jamais je ne vous expliquerai plus rien.

— N'aie pas peur, répondit Joséphine ; nous en causerons avec Prosper, et cela nous entrera dans la tête pour n'en jamais sortir.

— Allons, dit le papa, ouvrez bien vos oreilles.

« Le cacao est le fruit du cacaotier.

« Le cacaotier est un arbre que vous pouvez comparer à un cerisier, pour la forme et la taille. Ses feuilles sont pendantes, très-grandes et très-rapprochées les unes des autres; comme elles se renouvellent sans interruption, l'arbre en est toujours chargé.

« Le fruit du cacaotier est une espèce de concombre; c'est dans ce concombre, lorsqu'il est mûr, que l'on trouve depuis vingt jusqu'à quarante amandes renfermées dans des coques ; c'est cette amande, appelée *cacao*, qui sert à faire le chocolat.

« On brûle ces amandes comme le café ; puis on les broie dans un moulin. C'est avec cette poudre et du sucre que l'on fait la pâte du chocolat.

« Le cacaotier est encore un arbre qui ne peut croître que dans les pays très-chauds.

— Le sucre à présent, dit Joséphine ; puis, mon cher papa, nous te laissons à tes affaires.

— Le sucre, dit le papa, n'est pas un fruit, mais un jus

contenu dans une espèce de roseau appelé canne à sucre. Ce roseau, qui s'élève à une hauteur de trois à quatre mètres, a des feuilles plus longues que mon bras, mais larges seulement de deux doigts. On cultive en Amérique et en Asie des champs de cannes à sucre comme ici des champs de blé.

« Quand les cannes à sucre sont mûres, on les coupe et on les écrase entre de gros rouleaux. C'est avec le jus qui sort des cannes que l'on fait la cassonade et le sucre en pains, ou sucre blanc.

« Depuis quelques années on a imaginé de faire du sucre

avec des betteraves, espèce de plante qui ressemble pour la forme à une grosse carotte, et qui est ordinairement rouge. Les betteraves poussent en France et dans tous les pays qui ne sont ni plus froids ni plus chauds que le nôtre, tandis que la canne à sucre ne vient que dans les pays très-chauds.

« La betterave contient beaucoup moins de jus de sucre que la canne, et il faut beaucoup de travail et de machines pour l'en tirer. Des personnes très-savantes disent que le sucre de betterave est aussi bon que le sucre de canne ;

mais ta maman assure que, quand elle fait des confitures avec du sucre de betterave, elles se conservent moins bien que quand elle les fait avec du sucre de canne : ta maman pourrait bien se tromper ; à moins que ce ne soient les savants. »

LE
CERF-VOLANT

J'ai beaucoup connu deux petits garçons qui s'appelaient Henri et Charles. Henri était l'aîné, Charles était le plus jeune.

On ne peut pas dire que ces

deux frères fussent méchants et qu'ils ne s'aimassent pas, car ils ne pouvaient se passer l'un de l'autre, et la plus grande punition que leur papa ou leur maman pût leur infliger, c'était de les séparer et de les empêcher de jouer ensemble.

Et cependant ils étaient très-rarement d'accord. Quand ils étaient tous les deux seuls, c'étaient des taquineries sans fin. Quand l'un voulait jouer aux billes, l'autre voulait jouer à la balle. Quand l'un faisait des châteaux de cartes, l'autre soufflait dessus, et jetait le château par terre. De tout cela il résultait des pleurs, des criailleries, des disputes, que le papa ou la maman terminaient presque toujours en mettant les deux querelleurs en pénitence, avec une fable à apprendre ou une page d'écriture à faire.

Dès qu'Henri et Charles étaient en pénitence, ils redevenaient les meilleurs amis du monde; mais quelquefois cela durait tout juste jusqu'à la première récréation.

Un jour le papa leur dit :

« Mes petits enfants, si vous voulez être bien sages jusqu'à jeudi prochain, ne pas vous taquiner, ne pas vous disputer comme cela vous arrive si souvent, je vous promets de vous faire pour ce jour-là un cerf-volant plus grand qu'Henri, et de vous acheter une pelotte de ficelle plus grosse que les deux poings. »

Henri et Charles, qui jusque alors n'avaient eu que de tout petits cerfs-volants qu'ils faisaient voler dans le jardin avec un bout de fil, sautèrent de joie en entendant ces paroles de leur père, et lui promirent bien de s'arranger de manière à gagner la récompense.

« Cela vous regarde, répondit le papa; car je vous

déclare que, si d'ici à jeudi vous vous querellez, adieu le cerf-volant pour ce jour-là. Ce sera pour le jeudi suivant, toujours aux mêmes conditions.

— Si nous ne l'avons pas, dit Henri, ce sera certainement la faute de Charles : c'est toujours lui qui commence.

— Et toi donc, reprit Charles, hier encore ne m'as-tu pas jeté ma balle par-dessus le mur, dans la rue ?

— Tiens ! reprit Henri, pourquoi me la jetais-tu à la figure ? Une balle toute mouillée... c'est amusant, n'est-ce pas ?...

— Je ne te l'ai pas jetée,

répliqua Charles en s'animant et en élevant la voix. Je jouais contre le mur sans m'occuper de toi, et elle est par hasard tombée sur ta tête pendant que tu passais...

— Allons, dit le papa en interrompant Charles, vous y voilà encore ! Si je ne me trouvais pas là, je suis sûr que vous auriez déjà perdu le cerf-volant pour jeudi prochain. N'êtes-vous pas honteux tous les deux d'être si peu endurants, et de ne vous rien passer l'un à l'autre ? Vous voilà prêts à vous chamailler encore pour une balle... Elle t'a fait grand mal, n'est-ce pas, Henri ?

« Je vous le dis bien net, vos débats, vos taquineries m'impatientent. Il faut que cela finisse, ou bien je prendrai un grand parti ; j'arrangerai vos heures de travail et de récréation de manière que l'un travaillera pendant que l'autre jouera : de cette façon vous serez toujours d'accord, puisque vous ne serez jamais ensemble. »

Comme Charles et Henri savaient que leur papa faisait tout ce qu'il disait, cette menace leur fit grand'peur, et, tant pour n'être pas séparés que pour obtenir le fameux cerf-volant, ils évitèrent soigneusement tout sujet de discorde. Quand chacun d'eux avait envie de jouer à un jeu différent, ils tiraient à la courte paille à quel jeu on jouerait, ou bien ils convenaient de jouer successivement aux deux jeux. Enfin, dès que l'un d'eux avait l'air de se fâcher, l'autre s'écriait tout de suite : « Adieu le cerf-volant, » et ce souvenir rappelé à l'improviste ne manquait jamais de provoquer un éclat de rire qui faisait oublier le caprice ou la mauvaise humeur.

Le jeudi arriva; et quoique, dans le cours de la semaine, Charles et Henri eussent bien eu quelques petits torts par ci par là, le papa se contenta des efforts qu'ils avaient faits pour se corriger et pour vivre en bonne intelligence, et leur donna un magnifique cerf-volant tout prêt à être lancé, avec une grosse pelotte de ficelle arrangée sur un bâton tourné et poli.

« Quand nous aurons déjeuné, dit ensuite le papa, nous irons lancer votre cerf-volant; car il fait aujourd'hui un vent très-favorable. »

Charles et Henri étaient si contents, si empressés de partir, qu'ils déjeunèrent à peine, pensant à toute autre chose qu'aux morceaux placés sur leur assiette. Ils faisaient à leur papa des questions à n'en plus finir, sur le vent, sur la queue du cerf-volant, sur la longueur de la ficelle, sur sa force... que sais-je encore ! Bref, pendant tout le déjeuner, ils ne parlèrent pas d'autre chose, et contre leur ordinaire ils eurent achevé de manger avant toutes les personnes qui étaient à table avec eux.

« Allons ! dit le papa en ployant sa serviette, allons voir si ce cerf-volant va bien marcher. Henri, qui est le plus grand, le portera ; et toi, Charles, tu te chargeras de la queue et de la ficelle. »

Bientôt le papa et les deux petits garçons arrivèrent dans un grand champ, où rien ne gênait pour lancer un cerf-volant.

Là le papa, qui se souvenait encore de son jeune âge, attacha au cerf-volant la ficelle et la queue, et au bout de quelques instants le cerf-volant était en l'air. Quand toute la corde fut lâchée, il monta si haut, si haut, qu'il ne paraissait pas plus grand qu'un chapeau ; à peine apercevait-on sa queue.

Une fois le cerf-volant bien enlevé et toute la ficelle lâchée, comme ses enfants n'avaient plus besoin de lui pour le moment, le papa les laissa dans le milieu du champ, alla s'asseoir à l'ombre d'un arbre qui se trouvait à deux cents pas, et se mit à lire dans un livre dont il avait eu soin de se pourvoir.

Henri et Charles tenaient chacun à leur tour le cerf-volant, qui tirait très-fort, et ils étaient obligés d'y mettre les deux mains. Pendant une demi-heure à peu près, tout se passa bien, et les deux frères s'entendirent parfaitement pour se repasser le cerf-volant. Mais bientôt Charles trouva que Henri le tenait depuis trop longtemps, et voulut l'avoir. Henri se fit prier un peu et le céda, mais d'assez mauvaise humeur ; puis, sous prétexte de voir si le cerf-volant tirait toujours aussi fort, il prenait à chaque instant la ficelle à pleine main, en sorte que son frère, qui tenait le bâton, ne sentait plus le cerf-volant, ce qui l'impatientait.

Une fois en train de se taquiner, les deux frères ne devaient pas s'arrêter en si mauvais chemin. Quand Henri voulut reprendre le cerf-volant, Charles lui dit aigrement qu'il ne le lui donnerait pas encore, parce qu'en prenant à chaque instant la ficelle, Henri avait pendant ce tour-là tenu le cerf-volant aussi longtemps que lui. Henri, au lieu de se rendre à cette observation qui ne manquait pas de justesse, et de céder, se fâche, dit à son frère qu'il est un entêté, attrape le bâton et veut l'arracher des mains de son frère. Charles essaie de le retenir. Et que résulte-t-il de ce vilain jeu de mains ? c'est que ni l'un ni l'autre ne tiennent plus assez solidement le cerf-volant, que le bâton leur échappe bel et bien... et que voilà monsieur le vent qui vient sans cérémonie emporter ficelle et cerf-volant. Jugez des regrets, du désespoir des deux frères, en voyant le bâton s'enfuir en bondissant sur l'herbe, et le cerf-volant s'en aller tomber, après avoir longtemps pirouetté dans les airs, à une grande demi-lieue de l'endroit où ils étaient, et, pour comble de malheur, de l'autre côté d'une large rivière.

Le papa avait tout observé de loin. Il remit tranquillement son livre dans sa poche, et vint retrouver ses fils, qui se désolaient. Il les prit tous deux par la main, et les ramena à la maison sans leur adresser une seule parole.

« Et le cerf-volant? » dit la maman étonnée, en les voyant rentrer les mains vides.

« Le cerf-volant, répondit le papa, a profité du moment où ces messieurs se querellaient pour s'en aller avec sa ficelle. Tout est perdu. Cela montrera à Charles et à Henri comment on peut en un moment laisser échapper le fruit de huit jours de sagesse. »

LA PLUIE

« Oh ! que c'est contrariant ! s'écriait le petit Paul en voyant par la fenêtre les dames et les messieurs qui passaient dans la rue ouvrir leurs parapluies. Voilà qu'il pleut justement au moment où j'allais sortir avec papa. Pourquoi le bon Dieu fait-il si souvent tomber cette vilaine eau qui gâte les chapeaux et les habits? Il ne devrait jamais pleuvoir que la nuit. Que c'est donc contrariant !

—Eh! bien, mon pauvre Paul, dit le papa en rentrant dans le salon où était le petit garçon, voilà notre promenade manquée. Il commence à pleuvoir, et ce grand vent nous annonce que la pluie ne finira pas de sitôt.

—Oh ! que c'est donc contrariant! répéta encore Paul qui avait grande envie de pleurer.

— Mon enfant, dit le papa en prenant le petit garçon sur ses genoux, je comprends que tu regrettes beaucoup ta promenade; mais quand tu te seras bien dépité, bien chagriné, à quoi cela t'avancera-t-il?

— Je le sais bien, répondit Paul, à rien du tout; cela n'empêchera pas la pluie de tomber, et l'on ne peut pas se promener quand il pleut... Mais c'est bien contrariant tout de même.

— Veux-tu que je te donne un moyen de te consoler? dit le papa.

— Je veux bien, dit Paul.

— Eh! bien, reprit le papa, c'est de penser à la joie qu'éprouvent en ce moment, j'en suis sûr, les cultivateurs et les jardiniers. Tu sais qu'il y a très-longtemps qu'il n'a plu; un mois pour le moins.

—Oui, papa. Maman le disait hier pendant le déjeuner.

—Te rappelles-tu, demanda le papa, à quel propos elle disait cela ?

—Non, mon papa... pourtant si... vous parliez de blé, de récoltes; mais moi j'étais si occupé de ma tartine de confitures que je n'ai pas fait attention à ce que vous disiez.

— Nous disions, reprit le papa, que tous les cultivateurs pensaient que si le temps sec se prolongeait, ils ne récolteraient presque rien; que les blés, les avoines, les pommes de terre qui poussent dans leurs champs ne peuvent plus se passer d'eau... Maintenant juge un peu combien tous ces braves gens doivent être heureux de voir tomber cette pluie bienfaisante, qui te mettait de si mauvaise humeur tout à l'heure.

—Mais, mon papa, dit Paul, pourquoi les cultivateurs, au lieu de laisser périr de soif leurs blés, ne les arrosent-ils pas comme j'arrose tous les matins les fleurs de la jardinière de maman?

—Réfléchis donc un peu, mon

pauvre Paul. Comment veux-tu que les cultivateurs arrosent des champs qui sont si grands qu'on n'en voit pas le bout? D'abord où trouveraient-ils la quantité d'eau nécessaire? Et quand ils la trouveraient, comment veux-tu qu'ils puissent en porter et en répandre une quantité suffisante, même en ne faisant que cela du matin au soir? L'arrosage des champs est impossible de cette manière, et les jardiniers ont déjà beaucoup de peine à arroser leurs jardins, qui, par rapport aux champs de blé, ne sont que de petits coins de terre.

— Je vois bien que j'ai dit une

sottise , reprit Paul. » Puis il ajouta en regardant le ciel: « Je sais bien que la pluie vient des nuages ; mais les nuages, d'où viennent-ils ? Ils tombent en pluie depuis le commencement du monde. Comment y en a-t-il encore? Est-ce que le bon Dieu les fait à mesure que la terre en a besoin ? »

Le papa répondit: «Mon cher Paul, quand le bon Dieu créa le monde, c'est-à-dire les astres qui brillent dans le ciel, la terre et tous les êtres vivants, il a si bien disposé toutes choses, que l'univers entier marche de lui-même comme la pendule que tu vois sur la cheminée ; à la différence que la pendule, qui est l'ouvrage d'un homme, se dérange, tandis que le monde, qui est l'ouvrage de Dieu, ne se dérange jamais. Le bon Dieu, qui sait tout, qui peut tout, a tout prévu et tout calculé d'avance, et tout ce qui arrive est un effet de sa permission ou de sa volonté.

« De même que l'horloger qui a fait notre pendule, n'est pas obligé de venir pousser les aiguilles, de venir faire sonner l'heure, de même le bon Dieu n'est pas obligé de créer tous les jours des nuages pour arroser la terre. Il nous a donné une bien plus grande preuve de sa puissance et de sa sagesse en arrangeant l'univers de manière qu'il marche tout seul, comme une immense pendule dont le moindre rouage ne se dérange jamais.

« Ainsi, pour en revenir aux nuages, ils se forment continuellement par l'effet des rayons du soleil, qui changent petit à petit en vapeurs les eaux de la mer, des rivières, des lacs, des étangs. Ces vapeurs, par leur légèreté, s'élèvent à une certaine hauteur et flottent dans le ciel au gré du vent. Mais quand elles ont ainsi flotté quelque temps en s'accumulant toujours, en s'épaississant toujours, elles finissent par devenir trop lourdes pour flotter dans l'air, et elles retombent en pluie. Cette pluie alimente, renouvelle l'eau des rivières, qui toutes finissent par se jeter dans la mer : en sorte que la quantité d'eau qui existe sur toute la terre reste toujours la même ; car toute l'eau qui monte au ciel sous la forme de vapeurs, en retombe en pluie.

« Si tu veux te faire une idée exacte des nuages, examine le brouillard quand il en fait ; car les brouillards sont de vrais nuages qui sont trop lourds pour s'élever bien haut, et qui flottent sur la terre au lieu de flotter dans le ciel.

—Mais pourquoi, dit Paul, les nuages ont-ils toutes sortes de couleurs, puisqu'ils sont composés de vapeurs d'eau claire?»

Le papa répondit :

« Les couleurs des nuages ont deux causes. La première, c'est qu'ils sont plus ou moins épais. Plus ils sont légers, plus ils sont transparents et blanchâtres ; plus ils sont épais, plus ils sont foncés et noirs. La seconde cause qui leur donne souvent des couleurs si brillantes, c'est le soleil. Ce sont les rayons du soleil qui, en frappant sur les nuages, leur donnent ces teintes si brillantes et si belles.

— Mais, dit Paul, comment cela peut-il se faire? les rayons du soleil sont blancs. »

Le papa répondit : « Si je cherchais à te l'expliquer, mon bon Paul, je perdrais mon temps, car tu n'es pas encore assez grand pour me comprendre. Cependant, tiens, voici un petit morceau de cristal triangulaire, — cela s'appelle un prisme, — tu vois que ce morceau de cristal est tout blanc. Eh bien, regarde au travers. Que vois-tu ?

— Tiens ! tiens ! s'écria

Paul, je vois du bleu, du jaune, du vert... Oh! que c'est joli!

—Cependant, reprit le papa, le cristal est tout blanc comme les vapeurs des nuages. Eh bien, les nuages te paraissent colorés par la même raison que ce cristal te paraît coloré en regardant au travers. Mais cette raison, je ne puis encore te l'expliquer, comme je te le disais tout à l'heure.

— C'est bien dommage! dit Paul.

— Sais-tu, mon fils, reprit le papa, quel est le moyen de devenir plus vite capable de comprendre ces belles choses si curieuses et si intéressantes?

— C'est de devenir grand, dit Paul, en soupirant. Mais ça ne dépend pas de moi.

— Non, ce n'est pas de devenir grand, répondit le papa; c'est de bien lire tes leçons, de t'appliquer en faisant ta page d'écriture. Car ce n'est que quand tu sauras bien lire et bien écrire que tu pourras commencer à apprendre les principes des sciences, principes qu'il faut savoir pour comprendre ce que c'est que l'eau, le feu, le vent, les machines à vapeur, les éclairs, le tonnerre, toutes choses sur lesquelles tu m'adresses tous les jours des questions auxquelles je ne puis te répondre comme je le voudrais.

LA TARTINE

« Ma bonne petite maman, dit un jour Virginie qui venait de mordre dans sa tartine, mets donc, s'il te plaît, un peu de sel sur ma tartine ; je n'aime pas du tout le pain et le beurre sans sel.

— La bonne a donc oublié de la saler? répondit la maman en prenant la tartine que Virginie lui tendait.

— Je parierais, dit le papa de Virginie, que toi qui aimes tant le sel, tu ne sais pas seulement comment on se le procure.

— Tiens! on l'achète chez l'épicier, répondit Virginie.

— Ce n'est pas cela que je te demande, dit le papa; je te demande si tu sais avec quoi et comment on fait le sel?

— Non, vraiment! répondit Virginie.

— Et tu n'es pas honteuse, dit le papa, de ne pas savoir d'où vient une chose que tu manges tous les jours?

— C'est vrai pourtant, répondit Virginie. Ce qui m'étonne, c'est que l'idée ne me soit jamais venue de te demander cela, moi que ma tante appelle Mademoiselle. Pourquoi? voyons, mon petit papa, dit Virginie, en sautant sur les genoux de son père, explique-moi ça.

— Je veux bien, répondit le papa; mais prends garde de mettre du beurre sur mon habit avec ta tartine.

« Tu sais, n'est-ce pas? que

l'eau de la mer est très-salée. Puisqu'elle est très-salée, c'est que cette eau contient une grande quantité de sel fondu. Pour se procurer du sel, on creuse des bassins peu pro-fonds, dans lesquels on fait entrer de l'eau de mer. Quand cette eau y est entrée, on la laisse tranquille. Peu à peu, cette eau s'évapore.

—S'évapore! dit Virginie; voi-là un mot que je ne comprends point, et je t'arrête, mon petit papa, parce que tu m'as bien recommandé de ne jamais, quand tu parles, laisser passer un mot que je ne comprends pas. Tu sais, les perroquets?

— Oui, répondit le papa, je me rappelle que je t'ai dit que c'était se mettre au rang des perroquets, que de prononcer des mots que l'on ne comprenait pas.

« S'évaporer veut dire se changer en vapeur. Tu as vingt fois remarqué, n'est-ce pas? que le linge mouillé que l'on étend sur des cordes, sèche plus ou moins vite, selon qu'il fait plus ou moins chaud? Eh bien, il sèche, parce que l'eau qu'il contient s'évapore.

« Si tu mettais dans la cour, en été et par un beau soleil, une assiette pleine d'eau, au bout de deux heures tu ne trouverais plus d'eau dans ton assiette, parce qu'elle se serait évaporée.

« Je te disais donc que pour se procurer du sel on faisait entrer de l'eau de mer dans de grands bassins peu profonds, et qu'on y laissait cette eau tranquille. Cette eau s'évapore à . la longue. En s'évaporant elle dépose au fond du bassin le sel qu'elle contenait, et l'on n'a plus que la peine de le laisser sécher et de le ramasser. Tu vois que le sel se fait, pour ainsi dire, tout seul. On appelle salines les bassins destinés à produire le sel.

— Mais, dit Virginie, il y a

du sel de cuisine qui est gris, et du sel de table qui est blanc.

— Voici comment on s'y prend, répondit le papa, pour changer le sel gris en sel blanc. Il suffit de faire fondre le sel gris dans de l'eau ordinaire, mais très-claire, puis de faire bouillir cette eau sur le feu. En bouillant, elle s'évapore très-vite, et l'on retrouve cette fois au fond du vase, non plus du sel gris, mais du sel blanc.

— Alors, dit Virginie, tout le sel vient de l'eau de mer? »

Le papa répondit : « Il y a des pays très-loin de la mer

où coulent des sources d'eau salée. Pour en obtenir du sel, on fait évaporer cette eau de différentes manières ; mais c'est toujours par l'évaporation qu'on en tire le sel. En d'autres pays il y a dans la terre, à une grande profondeur, d'énormes masses de sel tout fait. Ce sont de véritables rochers de sel que l'on brise et que l'on retire par morceaux. Le sel obtenu de l'eau de mer s'appelle sel marin, et celui que l'on trouve tout fait dans la terre s'appelle sel gemme.

— Merci, mon bon petit papa, dit Virginie en embrassant son père ; voilà encore quelque chose qu'il faut que je fasse tenir dans un coin de ma tête avec tout ce que tu m'apprends tous les jours. »

FIN

TABLE

Tours, imp. MAME.

9 782019 694814